Pour
Adèle
qui
sur
son
Totem
choisit
comme
animal
préféré
le
saucisson
...
groïnk !
Alex

www.lerouergue.com

Ouvrage réalisé par
Cédric Cailhol infographiste.
Reproduit et achevé d'imprimer
par France Quercy (Mercuès) en août 2013.

Dépôt légal : septembre 2013
N° d'impression : 31129
ISBN : 978-2-8126-0568-0

« loi n° 49-956 du 16 juillet 1949
sur les publications destinées à la jeunesse »

boomerang

Alex Cousseau

Totem

illustrations Aurore Petit

rouergue

Je m'appelle Victor, je suis indien, et j'habite près des étoiles. Ma maison touche le ciel. Je dors en compagnie des nuages.

Mon père m'a dit un jour qu'en observant les nuages, on peut découvrir le visage de son amoureuse. Depuis, je lève régulièrement les yeux au ciel. Et je ne vois que des formes étranges, qui ressemblent parfois à des animaux imaginaires. Mais jamais aucun visage humain. Non, mon amoureuse à moi, je ne l'ai pas trouvée dans le ciel. J'ai trouvé sa piste sous l'écorce d'un arbre. Sur mon totem. Et je vais raconter comment...

Tout a commencé l'année dernière, un matin du mois de décembre.

Chez moi, le soleil se lève derrière un volcan coiffé de neiges éternelles, qui abrite sur ses pentes la forêt la plus haute du monde. L'endroit se nomme Sajama, et se situe à la frontière entre deux pays d'Amérique du Sud, le Chili et la Bolivie. Autour du volcan, c'est presque désert. Nous ne sommes qu'une poignée d'hommes à vivre ici. Les animaux ont toujours été plus nombreux que nous. Il y a par exemple les condors, ces grands oiseaux noirs qui planent au-dessus de nos têtes. Les pumas, qui ne sortent qu'à l'aube et au crépuscule. Les lamas, qui cherchent leur nourriture parmi les herbes sauvages. Et mes préférés parmi tous, les petits tatous, qui sortent timidement de leur trou.

Les tatous ressemblent pour moitié à une tortue, pour moitié à un rat. Ils creusent des terriers sous la montagne. Ils se nourrissent d'insectes et de graines. Une épaisse carapace les protège des prédateurs, mais leur ennemi le plus redoutable est l'homme. L'homme, qui récupère leur carapace pour fabriquer des petites guitares, les charangos.

Moi, je n'ai aucune carapace pour me protéger. Mais j'ai un arbre. Un arbre isolé, entre ma maison et le volcan. Je m'y réfugie dès que je peux. Cet arbre semble très vieux. Les feuilles sont d'un vert foncé presque noir. L'écorce est rouge sang, par endroits elle se détache facilement, comme une peau morte.

Et donc, un matin du mois de décembre, j'ai décidé que cet arbre allait devenir mon totem.

Les vrais totems sont des arbres qui ont perdu leurs branches. Des poteaux en bois sculpté, avec des figures d'animaux les uns sur les autres. Mais moi je voulais un totem vivant, sur un arbre vivant. Et je n'avais prévu de dessiner dessus qu'un seul animal, le tatou.

J'ai commencé par le corps. J'ai pris un morceau de charbon pour tracer la carapace de mon animal préféré à la base du tronc. Mais aux premiers traits, l'écorce est tombée en morceaux. L'arbre s'épluchait. J'en ai retiré toute une plaque, et c'est là que j'ai découvert deux lettres cachées.

A et V.

Deux lettres gravées sur l'arbre nu. Deux lettres réunies par un cœur. En examinant de plus près l'inscription, j'ai constaté que les entailles étaient profondes et semblaient très anciennes. L'écorce avait repoussé dessus.

J'ai continué de dessiner juste à côté, avant de reculer de trois pas pour admirer mon travail. Sur mon totem, le tatou pointait son museau vers le volcan. Au-dessus de sa tête, le cœur formait comme un nuage, avec le A et le V dedans.

La nuit suivante, je n'ai pas dormi beaucoup. Je repensais à ce cœur. À ce A et à ce V. Je cherchais qui pouvait bien se cacher derrière.

Dans mon village, tout le monde se connaît, mais trois prénoms seulement correspondaient aux initiales. Pour le A, Angelina, ma mère, et Augusto, un voisin. Et pour le V, moi-même, Victor. On pourrait ajouter Vlad, le chien du vieux Marcelino, mais j'imagine assez mal un chien graver le nom de son amoureuse contre un arbre.

La nuit avançait, et je finissais par me demander si ce V pouvait être moi. Je me voyais déjà amoureux. J'essayais de deviner à quoi ce sentiment pouvait ressembler. Mais pour ça il me manquait un visage. Le visage d'une amoureuse dont le prénom commence par un A.

Le lendemain, en classe, la maîtresse écrivait des chiffres au tableau, et tout se mélangeait dans ma tête. Parmi cet océan de chiffres, deux lettres flottaient toujours à la surface. A et V. Alors j'ai dévisagé les filles de ma classe, une par une. Luzmila. Irene. Rita. Mirtha. Emiliana... Je les ai dévisagées toutes en me disant qu'à force de vivre seul dans mon coin, aussi solitaire qu'un tatou, indifférent aux sourires des filles, j'étais incapable d'expliquer ce que c'est exactement que d'être amoureux. Comment on se sent ? Qu'est-ce qu'on ressent ? Est-ce que ça nous transforme autant que certains le prétendent ? Amoureux, j'avais envie de l'être. J'avais envie de pouvoir répéter le prénom d'une amoureuse dans ma tête. Un A qui se marierait avec le V de Victor au pied de mon totem...

Oui, mais si aucune fille de mon village ne portait un prénom commençant par A, comment faire ? Est-ce que je devais aller voir ailleurs, jusqu'aux villages voisins ?

Le soir-même, je suis parti. Il fallait que je sache. J'ai emprunté le chemin qui mène à la grande route. Trois filles et deux garçons de ma classe m'ont doublé en vélo. Seule Emiliana a ralenti pour me demander où j'allais.

– Sur la route, j'ai répondu.

– Tu as rendez-vous ?

J'ai fait oui de la tête. Je n'avais pas envie de parler. Je n'avais pas envie de m'expliquer. Emiliana commence par un E, voilà ce que je pensais. Et Emiliana n'a pas insisté. Elle a rejoint les autres.

Une fois de plus, je me suis retrouvé seul. Le volcan était à ma gauche, et des roches qui ressemblent à des têtes géantes pointaient ici et là. Je suis arrivé au bout du chemin une demi-heure plus tard. La grande route partageait l'horizon en deux. L'ombre des nuages rampait sur la terre et un vol de flamants roses filait en direction de la rivière.

La route était déserte. J'ai attendu dix bonnes minutes avant que le premier camion approche par l'ouest. J'ai entendu le bruit du moteur défier le vent. Le camion est passé en trombe à mes côtés, avant de disparaître vers l'est.

Puis est venu un vélo zigzaguant sur le bas-côté. J'ai tout de suite reconnu la silhouette d'Emiliana. Elle s'est arrêtée face à moi, la route nous séparait. Emiliana me regardait. Elle me dévisageait avec ses yeux interrogateurs. Toujours à se demander avec qui j'avais rendez-vous, ce que j'attendais là. À attendre avec moi, sans savoir quoi.

Quand le car est arrivé, j'ai fait un pas sur la route, en agitant les bras plusieurs fois. Le chauffeur a stoppé à ma hauteur. Sa porte était déjà ouverte.

– Je n'ai pas d'argent, j'ai dit. Mais je veux savoir combien coûte le voyage jusqu'à Curahuara de Carangas...

Le chauffeur a râlé après moi, il ne comprenait pas que je puisse l'arrêter si ce n'était pas pour monter dans son car. Et il a redémarré sans même répondre à ma question. En passant devant nous, le car a soulevé un nuage de poussière rouge. Un passager a toqué à la vitre pour faire signe à Emiliana.

– Salut, Ana !

– Salut, a répondu Emiliana.

Le car avait déjà disparu. Emiliana a traversé la route. Elle s'est retrouvée si près de moi que je sentais son souffle sur mon visage.

– C'était mon cousin, elle a dit.

C'était son cousin, et il l'avait appelée par son petit nom. Ana. Avec un A.

– Si tu veux aller à Curahuara de Carangas, a continué Emiliana, mon père peut te conduire. Il y va tous les jours...

Et pourquoi j'irais là-bas ? je me suis demandé. Pourquoi je partirais d'ici, si la fille dont le petit nom commence par un A se trouve juste en face de moi ?

Ensuite, je me souviens avoir pensé que tout devenait évident. Tout semblait à sa place. Le vent tourbillonnait, les nuages se bousculaient au-dessus du volcan, le soleil filtrait à travers, Emiliana s'appelait maintenant Ana, et elle et moi nous étions deux sur la route déserte.

Ana a plongé ses yeux dans les miens. Son sourire a provoqué un petit tremblement de terre au niveau de mon cœur. Comme un volcan qui se réveille. C'était donc ça, être amoureux ?

J'ai remercié Ana du bout des lèvres, et nous avons tardé à nous séparer.

On ne trouvait rien à se dire. On se regardait, c'est tout. On se respirait. On laissait entrer dans nos poumons l'air vif des montagnes, et le parfum discret des fleurs de cactus.

– Je dois rentrer chez moi, a fini par dire Ana.

Et elle s'est éloignée.

– À demain, Victor !

Perchée en équilibre sur son vélo, sa silhouette me faisait penser à celle d'un oiseau. Un oiseau qui ne vole pas. Ou pas encore.

– À demain, Ana !

C'était à la fin du mois de décembre. Trois mois ont passé. Et depuis, Ana et moi on s'est revus plusieurs fois.

On se voit tous les jours. On se donne rendez-vous près de l'arbre, qui est devenu notre arbre. Notre totem.

Avec un morceau de charbon, j'ai dessiné sur le tronc un oiseau, collé à mon tatou. Un oiseau qui ne vole pas. Un cousin de l'autruche qui vit par chez nous, le nandou. Son cou trace un demi-cœur autour des initiales de nos prénoms. A et V. Ana et moi.

Ana et moi, nous sommes indiens et amoureux, et nous habitons près des étoiles. Notre totem touche le ciel. Et comme nous, le tatou et le nandou se blottissent l'un contre l'autre, en compagnie des nuages.

Je t’aime

www.lerouergue.com

Ouvrage réalisé par
Cédric Cailhol infographiste.
Reproduit et achevé d'imprimer
par France Quercy (Mercuès) en août 2013.

Dépôt légal : septembre 2013
N° d'impression : 31129
ISBN : 978-2-8126-0568-0

« loi n° 49-956 du 16 juillet 1949
sur les publications destinées à la jeunesse »

boomerang

Alex Cousseau

Je t'aime

illustrations Aurore Petit

rouergue

Vasco est un géant. Il vit dans un trou. Dans un trou de géant. Un immense terrier creusé sous une montagne. Un trou sombre, rempli de poussière, de souris et d'araignées.

Vasco dort au fond de son trou du matin au soir. Il ne sort que la nuit. Rares sont les géants qu'on peut voir en plein jour, et ce depuis la nuit des temps. La plupart des géants préfèrent se faire tout petits. Ils vivent seuls.

Vasco est seul. Dans son trou, il n'y a de place que pour lui.

Vasco est seul, mais plus pour très longtemps.

Une nuit, en se promenant à travers la forêt profonde et silencieuse, il entend un cri. Ou plutôt un gémissement. Même pas un gémissement, un souffle. À peine un soupir.

Vasco cherche d'où vient ce mystérieux bruit, il se glisse discrètement entre les arbres, il rampe sur les fougères qui sentent bon la terre humide, et là, près d'un ruisseau qui chante une douce mélodie, il trouve.

Vasco trouve une tête.

Une tête abandonnée, aux yeux fermés, aux narines frétillantes, et aux

lèvres entrouvertes d'où s'échappe un souffle très léger.

Une tête de géant.

Vasco ramasse la tête, il la secoue un peu. Il tapote une joue, puis l'autre, et rien ne se passe. La tête semble plongée dans un profond sommeil.

C'est une tête sans corps. Sans cœur, ni bras ni jambes. C'est une tête un peu triste, mais Vasco sourit. Il prend la tête avec lui, et se dépêche de rentrer avant le jour.

Maintenant, Vasco n'est plus seul. Vasco est un géant à deux têtes. Une sur les épaules et l'autre sous le bras.

Vasco se réfugie dans son trou avec sa nouvelle tête. Il la pose dans un coin et s'allonge auprès d'elle, joue contre joue. Il rêve...

Le rêve de Vasco est un rêve de géant. Dans les rêves de géant, le soleil semble encore plus grand, les couleurs sont plus lumineuses, les espaces infinis. Vasco rêve qu'il nage au fond d'un océan aussi profond que la nuit. Il nage longtemps, parmi des poissons aussi gros que ses yeux, des serpents aussi longs que ses bras et des algues qui se mélangent à ses cheveux. En s'échouant sur une île, sur une plage au sable rouge, il trouve un pied. Un pied de géant.

Vasco se réveille en sueur au milieu du jour. Son rêve le tourmente. Il vient de penser à une chose. Quand on trouve une tête à ses pieds, faut-il ou non la ramasser ? Et à qui appartient une tête ? À celui qui la trouve ? Au corps dont elle se détache ?

Peut-être qu'en ce moment-même un géant sans tête tâtonne dans la forêt, se dit Vasco. Un corps de géant à la recherche de sa tête perdue. Et comment pourrait-il la retrouver, si Vasco la garde avec lui dans son trou ?

Ou alors...

Ou alors, se dit Vasco, c'est l'histoire d'un géant qui voyage en morceaux. La tête part en avant et le

corps suit derrière, avec quelques jours de retard.

Peut-être...

Vasco n'est pas tranquille. Cette tête l'embarrasse. Alors, dès que la nuit revient, il ressort de son trou. Au clair de lune, il court jusqu'à la forêt, jusqu'au ruisseau qui chante une douce mélodie. Il se dépêche de remettre la tête où il l'a trouvée.

Et il attend.

Il attend encore.

Il attend le corps.

Vasco est assis près de la tête, à attendre tranquillement. Il finit même par prendre la tête entre ses bras pour

la bercer, en écoutant la mélodie du ruisseau et tous les autres bruits discrets de la forêt.

Mais personne ne vient. Personne ne semble intéressé par cette tête égarée.

Au petit matin, Vasco s'endort sur un tapis de feuilles. Des perles de rosée brillent sous ses paupières. Et il rêve encore...

Cette fois, le rêve de Vasco ressemble au rêve d'un oiseau. Il survole la terre. Il plane au-dessus des crêtes. Il aperçoit un torrent dévaler la montagne, il voit une pierre rouler dans la prairie aux herbes sauvages. La terre tourne sur elle-même. L'espace est

infini. Vasco a soudain le vertige, et il se réveille en sursaut.

La tête est toujours là, blottie tout contre lui. D'où vient-elle ? Où était-elle avant qu'il la trouve en pleine forêt ? Est-elle sortie de la terre, comme un gros champignon ? Non, Vasco pense plutôt qu'elle vient d'ailleurs. Qu'elle a roulé comme un caillou, très loin de son corps, très loin des jambes, des bras, des pieds et des mains. Très loin du cœur. Et que c'est à lui, Vasco, de recoller les morceaux.

Il faut que les choses aient un sens, se dit le géant. Si cette tête a roulé jusqu'à ses pieds, c'est qu'elle est venue le chercher. Elle est venue pour

lui dire de sortir de son trou. Elle est venue pour l'encourager à aller voir le monde.

Alors Vasco se met en route.

Il marche jour et nuit, de son pas de géant. Il enjambe les fleuves. Il bondit par-dessus les sommets. Il fait la course avec le vent. Il provoque des avalanches. Il sillonne son continent en long, en large et en travers, la tête toujours dans les nuages.

Et un soir, Vasco trébuche sur les pentes d'un volcan coiffé de neiges éternelles.

Il trébuche et tombe de tout son long. La tête s'échappe d'entre ses mains,

et roule jusqu'aux pieds d'une géante assise auprès d'un arbre. Un arbre aux feuilles d'un vert foncé, presque noir. Un arbre à l'écorce rouge sang. Et une géante sans tête.

Vasco se relève, le souffle coupé.

Il ne dit pas un mot. Il regarde la géante ramasser cette grosse boule à ses pieds. Cette boule avec des yeux, des oreilles, un nez et une bouche. Il voit ses mains ajuster la tête sur ses épaules.

Et voilà. Les voilà tous les deux qui se retrouvent face à face.

Lui, Vasco, ne sachant que faire de ses mains. Et elle ne sachant que faire de sa tête.

La géante garde un instant les yeux fermés. Puis, en les ouvrant, elle regarde ailleurs. L'horizon, le ciel. La nuit peuplée d'étoiles. Le croissant de lune qui ressemble à un boomerang au ralenti.

La géante finit par remarquer Vasco. Elle croise son regard. Vasco lui sourit. La géante sourit à son tour. Ses lèvres s'entrouvrent, elle respire une fleur de cactus, en prenant tout son temps.

Et enfin elle parle. Et les premiers mots qu'elle prononce surprennent tellement Vasco qu'il se sent pris de vertige.

– Je t'aime, dit la géante.

Elle dit ça aussi simplement que si elle avait dit bonjour. D'une petite voix timide. Avec les yeux qui brillent.

Vasco se dépêche de s'asseoir, tout étourdi par ce petit tremblement qui va de sa tête à son cœur. C'est comme si un volcan se réveillait en lui.

– Je m'appelle Vasco, répond le géant.

– Et moi Alixe, dit la géante.

Le jour se lève tout doucement. Alixe et Vasco ont tous les deux les joues qui rosissent en même temps que le ciel.

– Je t'aime, répète Alixe.

Et ses yeux continuent de briller.

Ça va bien vite entre nous, se dit Vasco en s'approchant d'elle. J'étais seul, et nous voilà deux.

Mais il faut croire que chez les géants un sentiment en chasse un autre aussi facilement. Après la pluie, le beau

temps. Après la solitude, l'amour. Tout se précipite, aussi vite qu'un géant va toujours à grands pas d'un endroit à un autre.

Alixe se lève, s'étire, tourne la tête au nord, au sud, à l'est et à l'ouest, avant de rejoindre le sommet du volcan en improvisant un pas de danse.

Resté auprès de l'arbre, Vasco ne la quitte pas des yeux. Il voit ses bras qui s'allongent, sa tête qui se penche, son corps qui se déhanche. Et ses doigts cueillir un bouquet d'étoiles, puis un morceau de lune, avant que la nuit ne s'en aille tout à fait.

Alixe revient vers lui en sifflant plus doucement que le vent. Ses yeux

brillent encore. Le soleil apparaît dans son dos. Elle rayonne. Elle lui offre son bouquet, et garde l'éclat de lune entre ses doigts vifs. Elle s'accroupit au pied de l'arbre, et pendant qu'un oiseau se penche dans la broussaille de ses cheveux, elle grave des signes minuscules sur le tronc à l'écorce rouge sang. A et V. Alixe et Vasco.

Je l'aime, se dit Vasco.

Mais il ne le dit pas encore à voix haute. Il le dira bientôt. Il garde ces mots pour un moment où Alixe ne s'y attendra pas. Un moment qui la surprendra. Et en attendant, il repense à son trou. Son trou sous la montagne, à l'intérieur duquel il n'y a de place que

pour lui. Il sait qu'il n'y retournera plus jamais, et pourtant il n'est pas triste.

Vasco regarde le monde, il contemple le soleil et les ombres, en s'émerveillant devant l'horizon.

Il y a de la place pour nous deux, se dit-il. Dans ce monde, il y a de la place pour tous les amoureux.